おかしの国《くに》のプリンセスと
ハッピーチェリーのおしゃれドレス

作♥永良サチ
絵♥くずもち

この本《ほん》でよめるのは こんなおはなしだよ！

わたし、
おかし作《づく》りが大《だい》すきな
女《おんな》の子《こ》・いちご。

ある日《ひ》、
ビスケットがうまく作《つく》れず
おちこんでいたら…。

おかしの国《くに》のプリンセス・
シュガーがあらわれたの！

おどろくわたしにシュガーは…

みならいパティシエールに
なってみない？

といってきて⁉

＊みならいパティシエールって？＊

シュガーの住《す》む「メルティーランド」でおかしを作《つく》る人《ひと》のことなんだって！　シュガーの国《くに》ではおかしをたべないとまほうが使《つか》えないからとってもこまっているみたい

わたしのゆめは、
スイーツのお店《みせ》を
ひらくこと。
だから…
やってみるってきめたの！

女王《じょおう》さま（わたしのママ）からの
ミッションをクリアして、
特別《とくべつ》なレシピをあつめていけば、
お店《みせ》がひらけるわ！

おかしの国《くに》で
ミッションに
チャレンジ！

ふたりの大《だい》ぼうけんがはじまるよ！

こんなあそびかたもできるよ！

おはなしのページには、
クイズ、めいろ、あんごう、
ぬりえ、えさがしなど、
あそびがいっぱい！

おはなしをよむのが
ニガテでも
たのしめちゃう！

のは、このふたり！

いちご

おかしが大《だい》すきな
女《おんな》の子《こ》。みんなを
えがおにするような
パティシエールに
なりたい！

＊せいかく＊
いつも元気《げんき》いっぱい。
おかし作《づく》りに
しっぱいしても
へこたれない
がんばりやさん。

＊とくいなこと＊
かわいいおかしを
みつけること。

＊ゆめ＊
パティシエールに
なって、
お店《みせ》をひらくこと。

＊すきなスイーツ＊
いちごの
ショートケーキ

おはなしに出《で》てくる

シュガー

メルティーランドの
おしろでくらしている
プリンセス。
あまいおかしが大《だい》すき！

＊せいかく＊
とてもやさしくて、
しっかりもの。
いつもまわりの人《ひと》を
気《き》にかけていて、
たよりになる。

＊とくいなこと＊
キャンディステッキで
まほうを使《つか》うこと。

＊すきなスイーツ＊
シュガードーナツ

＊ゆめ＊
メルティーランドの
みんなが
しあわせになること。

1

女王《じょおう》さまのお手紙《てがみ》

ここは、あまいかおりが
ただようおかしとまほうの
国《くに》・メルティーランド。
おかし作《づく》りが大《だい》すきな
いちごは、パティシエールに
なるために、おしろで
くらしています。この国《くに》の
プリンセス・シュガーも
いっしょです。

★ページの下《した》に、なぞなぞクイズがあるよ！　いくつできるかチャレンジしてみてね！

んん～♡
いちごちゃんが作《つく》って
くれたパンケーキ
すごくおいしいわ！

いちごが作《つく》った
やきたてのパンケーキを
たべたシュガーは、今《いま》にも
とろけそうなかおをしました。

なぞなぞクイズ①　たべると安心《あんしん》するケーキはなーんだ？

まだまだだけど、
シュガーによろこんでもらえて
わたしもうれしい！

いちごちゃんならすてきな
パティシエールになって、
きっとお店《みせ》もひらけるわ

たのしいおしゃべりを
していると……。

パティシエール

ケーキやクッキーなどのおかしを作《つく》る人《ひと》のことだよ！
メルティーランドにすむ人《ひと》はみんな、まほうを使《つか》うためにパティシエールが作《つく》ったおいしいおかしをたべているの！

ねえ、シュガーあれをみて！

いちごが窓《まど》の外《そと》を指《ゆび》さします。

そこには、ロールケーキのように丸《まる》くなっている白《しろ》い紙《かみ》がういていました。

だれかからのお手紙《てがみ》かしら？

ふたりがお手紙《てがみ》をかくにんしようとすると……

なぞなぞクイズ②　さわるだけで手《て》がふるえちゃうものってなーんだ？

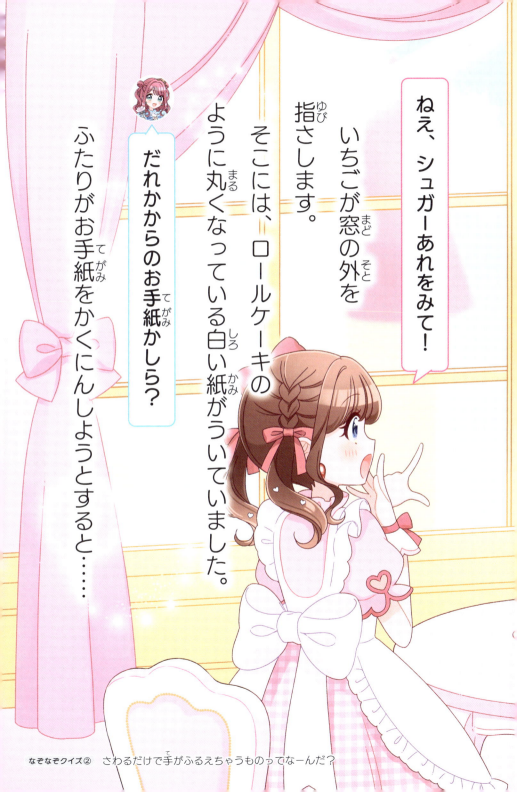

あいていた窓《まど》からなにかがとびこんできました。

あっ！　モココ！

それはメルティーランドの
女王《じょおう》さまにつかえる
マシュマロうさぎ・モココです。
モココはロールケーキのような
お手紙《てがみ》をくわえて、おしろのなかをはしりまわっています。
モココをやさしくつかまえると、あらたいへん。
大切《たいせつ》なお手紙《てがみ》が、やぶれていました。

なぞなぞクイズ②の答《こた》え　テーブル（手《て》がブルブル！）

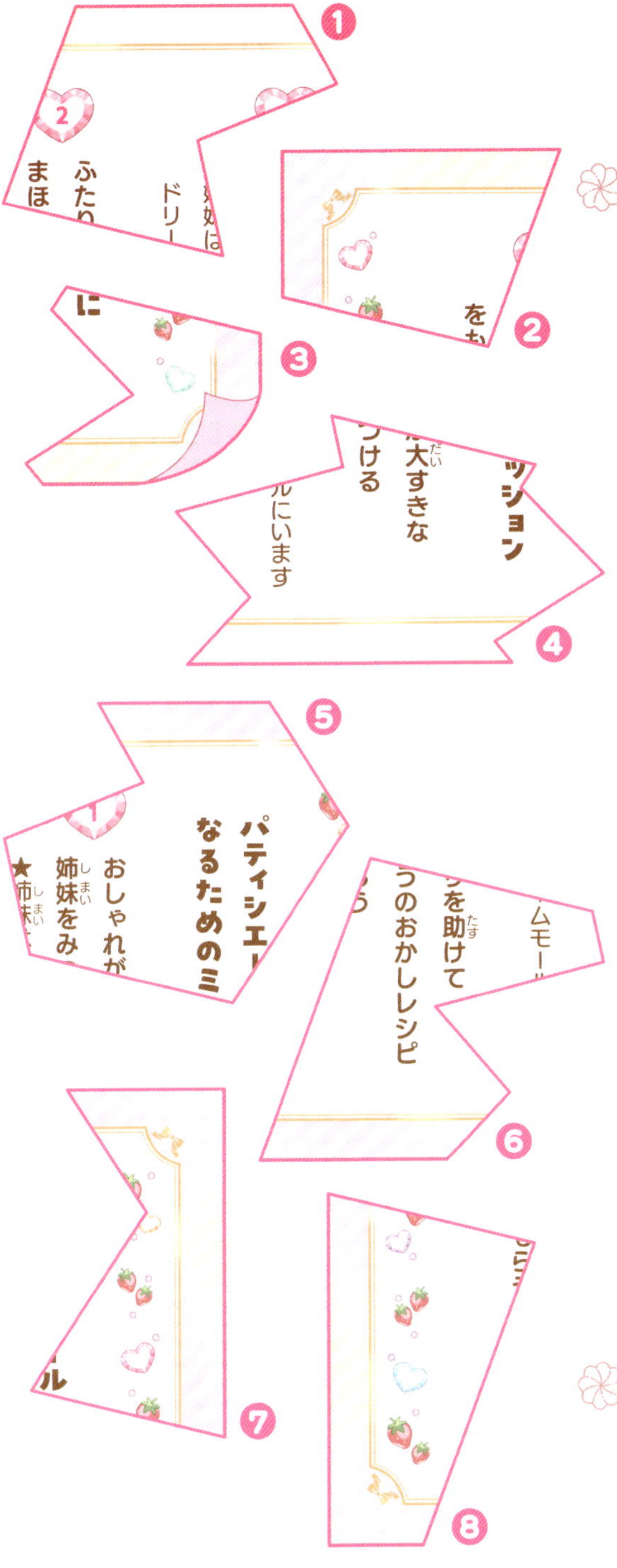

やぶれてしまったところをうまくくみあわせることができれば、お手紙《てがみ》をなおせるかもしれないわ！

お手紙《てがみ》をなおして、なかをかくにんしよう！

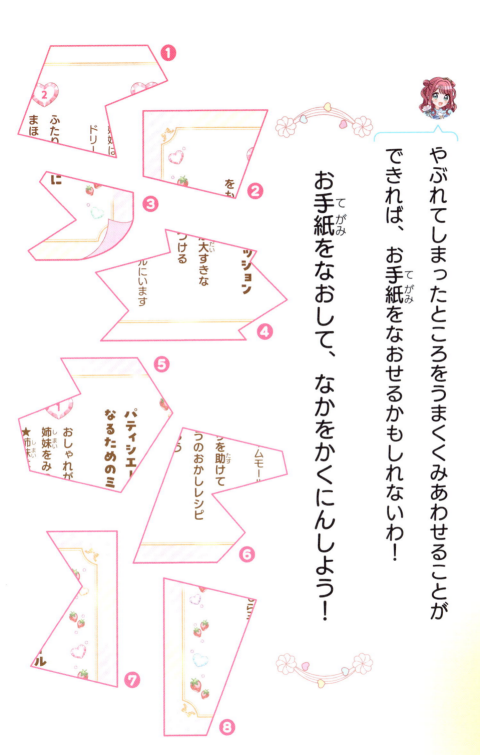

答《こた》え

パティシエールに
なるためのミッション

1 おしゃれが大《だい》すきな
姉妹《しまい》をみつける

★姉妹《しまい》は
ドリームモールにいます

2 ふたりを助《たす》けて
まほうのおかしレシピ
をもらう

きれいになおせて
よかった……！

いちごとハートのジュエルの
びんせん、とっても
すてきだわ！

無事《ぶじ》にお手紙《てがみ》をなおすことが
できた、いちごとシュガー。
かわいいお手紙《てがみ》のメッセージ
をかくにんします。

お手紙《てがみ》は、
ママからのミッション
だったのね！

おしゃれが
大《だい》すきな姉妹《しまい》……
一体《いったい》どんな子《こ》たちだろう？

ひとまずドリームモールに
いってみましょう！

ドリームモール

おしゃれなアイテムがそろっているゆめのようなショッピングモールのことだよ！
わくわくのスイーツショップもあるから、ショッピングをたのしんだあとにひとやすみもできるみたい！

もっとメルティーランド！

いちご&シュガーのへや

わたしたちがいっしょにくらしている
おへやをしょうかいするよ！

女王《じょおう》さまからのお手紙《てがみ》

シュガーのママからの大事《だいじ》なお手《て》紙《がみ》。お手紙《てがみ》をよむと、いつもまほうにかかったみたいにドキドキ、わくわくするんだ！

マシュマロうさぎ・モココ

ふたりといっしょにすんでいるふわふわのマシュマロうさぎ。モココがあるいたうしろには、キャンディの形《かたち》をした足《あし》あとがつくよ！

メレンゲテーブル&チェア

メレンゲで作《つく》られたテーブルとチェア。すわると、ふんわりといちごのかおりがするの！

いちごのゆめふわパンケーキ

とろけるようなふわふわのパンケーキ。トッピングのいちごは、メルティーランドでしか手《て》にはいらないロイヤルストロベリーを使《つか》っているよ！

ロイヤルティーカップ

うえからみるとお花《はな》のようなデザインのティーカップ。女王《じょおう》さまのティーパーティーでも使《つか》われるみたい！

2
わくわく ドリームモール

ミッションにかかれていた姉妹《しまい》をさがすために、ドリームモールに着《つ》いたふたり。

すごい、いっぱいお店《みせ》がある……!

ここはメルティーランドのお買《か》いもの場所《ばしょ》なの。もちろん、おいしそうなおかしも売《う》っているわ

なぞなぞクイズ③ マシュマロのもとになっているのはつぎのうちどれ？
①卵白《らんぱく》 ②クリーム ③バター

ぼうしやアクセサリー屋《や》さん、
クッキーの型《かた》ぬきができる
デコレーションショップや、
ゆっくりおしゃべりができる
カフェもありました。

このういている
シャボン玉《だま》も
たべられるのかな？

なぞなぞクイズ③の答《こた》え　①卵白《らんぱく》
（卵白《らんぱく》をふわふわにあわだてて、ゼラチンやさとうと合《あ》わせかためるよ！）

なぞなぞクイズ④　妹《いもうと》には1つ、弟《おとうと》には2つあるものってなーんだ？

ドリームモールは、おしゃれとおかしが
たくさんつまったゆめのショッピングモールです。

お買《か》いものって、わくわくするよね！

そうね。せっかくだから、わたしたちも
マジカルブティックでお着《き》がえをしてみない？

うん、いいね。そうしよう！

ちょうどおそろいのお洋服《ようふく》があるみたい！

おそろい（同《おな》じデザインで、色《いろ》ちがい）の
お洋服《ようふく》はどれとどれかな？

なぞなぞクイズ④の答《こた》え　「と」（いもうと、おとうと）

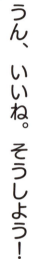

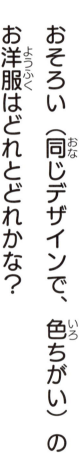

①

②

③

④

⑤

⑥

⑦

⑧

⑨

⑩

⑪

⑫

答《こた》え

このお店《みせ》では、
じぶんのすきなように
お洋服《ようふく》をアレンジ
できるのよ！

せっかくだから、
リボンの形《かたち》をアレンジ
しようかな……？

わ、いちごちゃん、その形《かたち》もかわいいわ！
わたしもえりのあたりをかえようかしら……？

着《き》ているだけでたのしい気分《きぶん》になるわね！

じぶんだけの特別《とくべつ》なお洋服《ようふく》うれしいな！

チョコレートのティアラ

スイーツチョコレートで作《つく》られた小《ちい》さなティアラ。かぶればキラキラのプリンセスになれちゃうね！

いちごホイップのリボン

ふんわりクリーミーなさわりごこちのリボン。つけるだけで心《こころ》もわくわくするよ！

ラベンダー色《いろ》のダブルリボン

やさしいラベンダー色《いろ》のリボン。まんなかに宝石《ほうせき》のようなドロップがついているよ！

きらきらスパンコールの生地《きじ》

光《ひかり》をうけるとキラッ☆とかがやく特別《とくべつ》なアイテム。ドレスの生地《きじ》はメルティーランドの空《そら》にうかんでいる星《ほし》で作《つく》られているんだって！

レースアップ・シューズ

ドレスとおそろいのすてきなくつ。あるくたびに心《こころ》もスキップしたくなるね！

もっとメルティーランド！

ふたりのおしゃれアレンジ

わたしの髪《かみ》も、
シュガーがまほうでアレンジしてくれたよ！

あみこみ ハーフアップ

髪《かみ》をふんわりあみこんで、顔《かお》まわりにアクセントをいれたハーフアップスタイル！

ハート・アラザン

ハートをモチーフにしたかわいいアクセサリー。さりげなくロマンティックなかがやきをプラスするよ！

ふんわり ツインおだんご

ふんわりとしたおだんごヘア。ポイントは、わたがしのようにふわっとさせること♪

ぷるぷる はちみつリップ

みずみずしいはちみつカラーのリップ。くちびるにぷるんとしたツヤが出《で》て、おしゃれ度《ど》もぐーんとアップ！

3

姉妹《しまい》のゆくえ

さっそくミッションにかかれていたふたりをみつけましょう！

でも、どこにいるのかな？たくさん人《ひと》がいるから、ひとりずつに声《こえ》をかけていくのはむずかしそうだね……

それなら、このアイテムを使《つか》いましょう！

なぞなぞクイズ⑤　お姉《ねえ》ちゃんにしつもんしたのに、ごまかされたよ。なんていわれたかな？

えいっ！

シュガーがキャンディステッキをふると、まほうのアイテム・ガラスのハートリングが出《で》てきました。

ハートリング

キラキラとかがやくハートの形《かたち》のリング。おしゃれが大《だい》すきな気《き》もちがつよい女《おんな》の子《こ》をみつけてくれるアイテムだよ！

なぞなぞクイズ⑤の答《こた》え「さあね～」

いちごがリングを指《ゆび》に
つけてみると……

わっ、リングから
リボンが出《で》てきた！
このリボンをたどれば
姉妹《しまい》に会《あ》えるんだね

あら、でも、
リボンがまちがって
5つも出《で》ているわ！

なぞなぞクイズ⑥　ゆびわとあそびにいったのに、なんだかつまらなそう。どこにいった？

姉妹とつながっているリボンはア〜オのどれかな？
ヒントをたよりに、ふたりをみつけよう！

ヒント① ふたりは3階をとおったことがあるよ。

ヒント② とちゅうでぼうし屋さんによったみたい。

ヒント③ ぜんぶで5つのお店にはいったよ。

ぼうし屋さん

くつ屋さん

なぞなぞクイズ⑥の答え　ボーリング（ボーっとする「リング（＝ゆびわ）」）

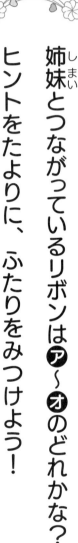

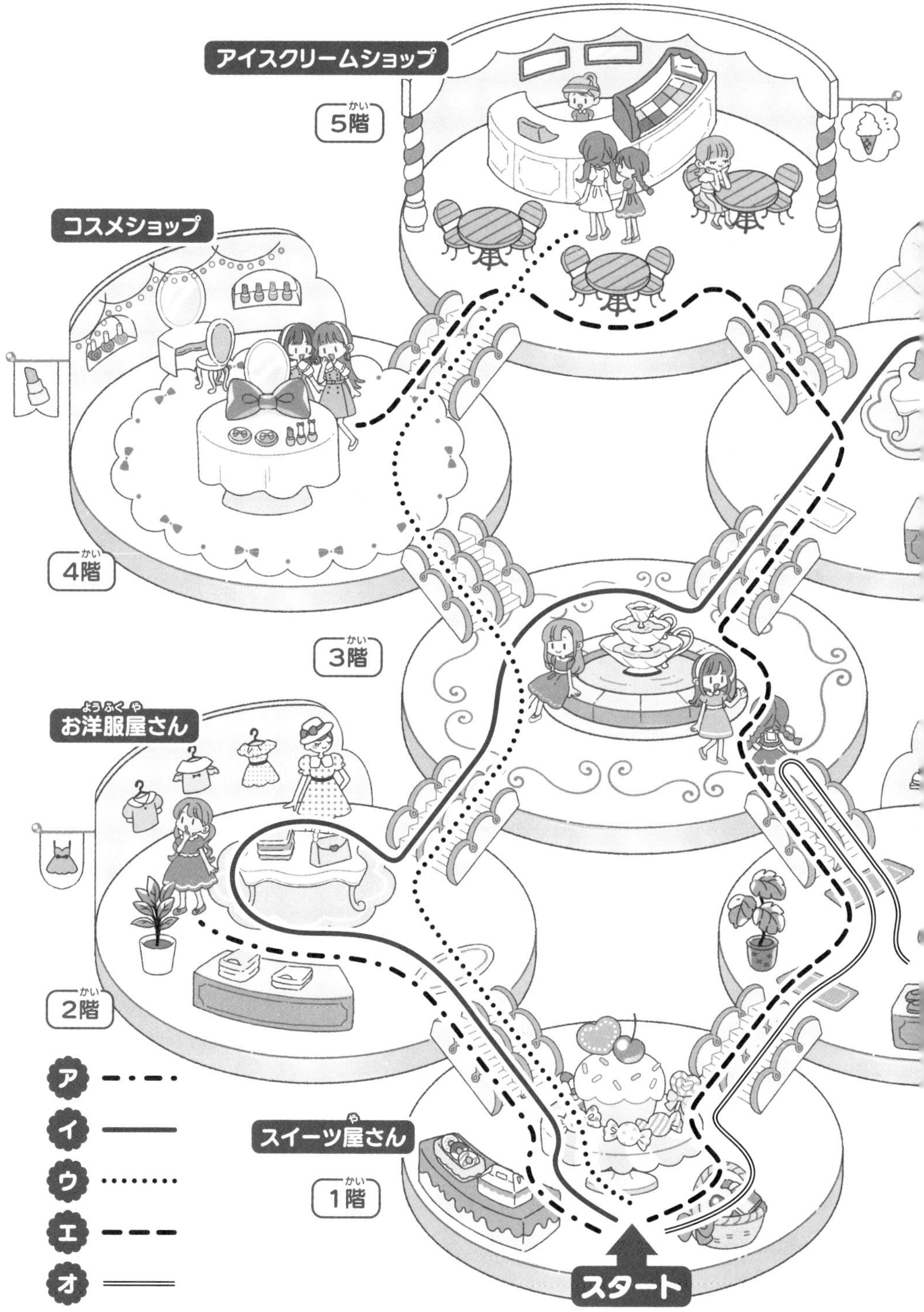
アイスクリームショップ
5階《かい》
コスメショップ
4階《かい》
3階《かい》
お洋服屋《ようふくや》さん
2階《かい》
スイーツ屋《や》さん
1階《かい》
スタート
ア
イ
ウ
エ
オ

答《こた》え

ヒント①ふたりは3階《かい》をとおったことがある……となっているから、2階《かい》までしかのびていないアは答《こた》えじゃないみたいだね

そうね。つづいてヒント②、とちゅうでぼうし屋《や》さんに立《た》ちよっているから、いっきにイかエにしぼられるわ！

さいごに、ヒント③ぜんぶで5つのお店《みせ》をとおっている
リボンは…エだね！（イは、3つのお店《みせ》しか入《はい》っていないよ）

わわ！　なんだかリボンがひっぱられてる！

ふたりがコスメショップを出《で》ていったみたいね！
またみうしなわないように、いそいで会《あ》いにいきましょう！

いちごとシュガーは、ふわふわのリボンをたよりに
ドリームモールをあるいていきました。

なぞなぞクイズ⑦　火《ひ》にもつよいぼうしってどんなぼうし？

もっとあそぼう！
あんごうクイズ①

ドリームモールで
ふしぎな時計《とけい》をみつけたの！
答《こた》えは111ページにあるよ！

おととい

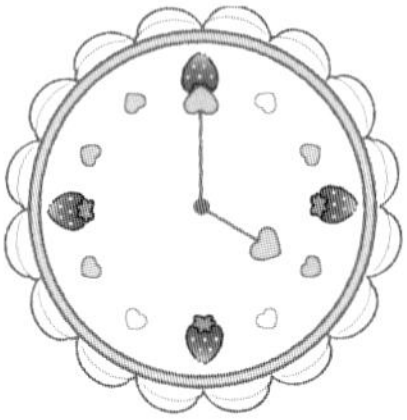

きのう

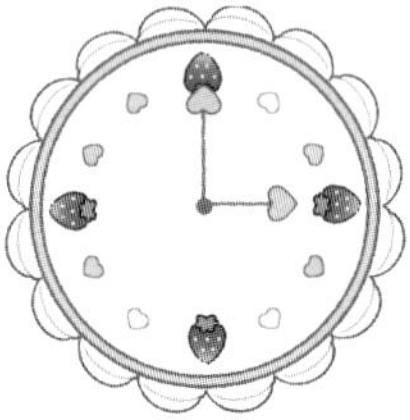

いつかまえ

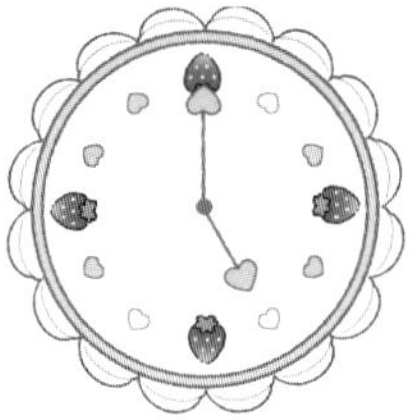

じゅうにじかんご

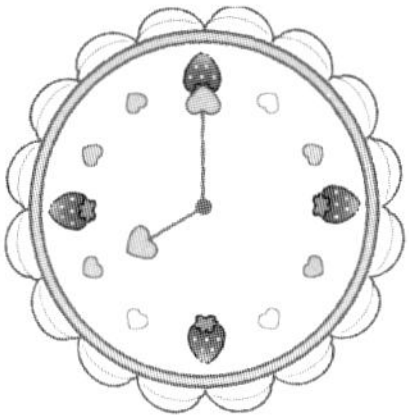

「いま」はどれ？

①
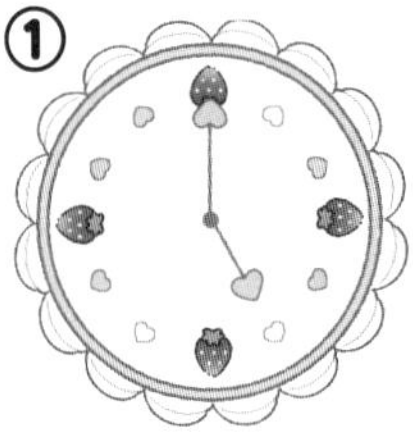

②
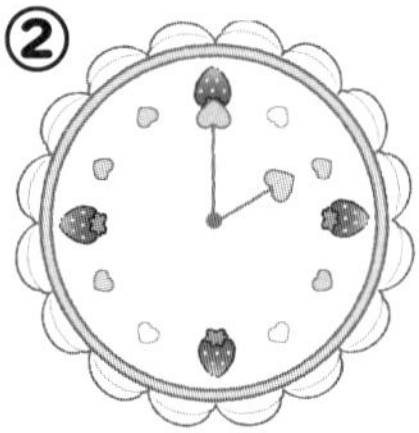

③
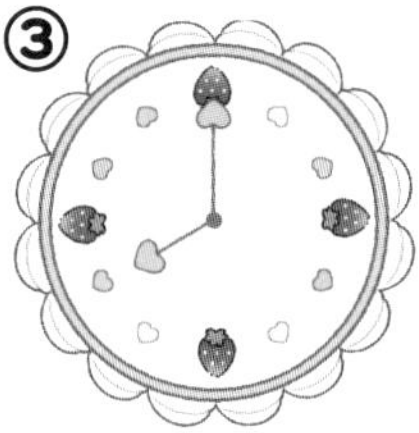

④
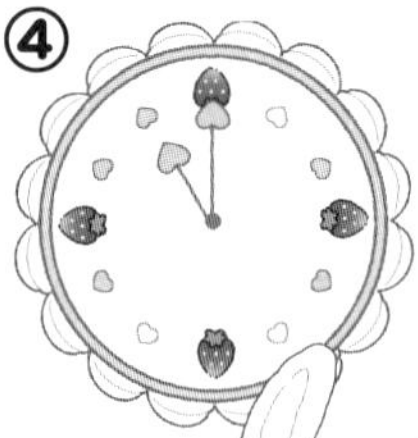

それぞれの言葉《ことば》は何文字《なんもじ》あるかな？

もっとあそぼう！ あんごうクイズ②

おいしそうなアイスクリーム！
これもなにかの言葉《ことば》みたい…？
答《こた》えは111ページにあるよ！

アイスクリームの個数《こすう》をかぞえてみよう！

4

おしゃれなふたり

ふう、ドリームモールは
広《ひろ》いからすこし
まよっちゃったね

でも、たくさんあるいた
おかげで、もうすぐ姉妹《しまい》に
会《あ》えそうだわ。

ほら、あそこ！

シュガーが指《ゆび》さした
のは、ドリームモール
のいちばん奥《おく》。

世界中《せかいじゅう》からきれいな
色《いろ》のアイスをあつめた
カラフルアイスクリーム
ショップです。

なぞなぞクイズ⑧　いっぱいあるいたのに、ぜんぜんあるいてないといわれたよ。なんでかな？

アイスクリームショップにならべられた色とりどりのフレーバー。
みているだけでたのしい、ゆめのようなお店です。
そして、ショーケースの前には、とてもおしゃれな姉妹がいました。

なぞなぞクイズ⑧の答え　さんぽだったから（3歩とおさんぽ、ふたつのいみがあるね！）

ふたりはあいさつを
するために、近《ちか》づきます。

はじめまして。
わたしの名《な》まえはいちご

わたしはシュガーよ

あら、はじめまして。
わたしの名《な》まえはハッピー

あたしの名《な》まえはチェリー

なぞなぞクイズ⑨　日本《にほん》でさいしょにアイスクリームが作《つく》られた場所《ばしょ》ってどこかしってる？

ミッションにかかれていた姉妹《しまい》を、
いちごとシュガーは無事《ぶじ》に
みつけることができました。

ふたりはなにかこまっていることはある？

もしあるなら、わたしたちに
お手《て》つだいさせてくれないかしら？

ふたりの言葉《ことば》をきいたハッピーとチェリーは、
かおをみあわせました。

なぞなぞクイズ⑨の答《こた》え　神奈川県《かながわけん》の横浜《よこはま》なんだって！

わたしたち、お友《とも》だちから
ティーパーティーに**招待《しょうたい》されたの。**
それでとっびきり**おしゃれな**
ドレスを着《き》ていくために
お買《か》いものに来《き》たのだけど……

メルティーランドに
パティシエールがいないせいで、
どこもおかし不足《ぶそく》でしょ？
そのせいで**お気《き》にいりのドレス**
ショップがおやすみだったの

なぞなぞクイズ⑩　病《びょう》気《き》もなおしてくれそうなコスメってなーんだ？

ふたりのはなしをきいた
いちごとシュガーは、
目《め》をあわせてうなずきます。
どうやら同《おな》じことを
かんがえているようです。

それなら、わたしたちが
ハッピーとチェリーにぴったりな
ドレスを作《つく》って
あげるよ！

本当《ほんとう》!?

どんなドレスがいいか
リクエストはある？

わたしはミント色《いろ》がすきだから、
ミント色《いろ》のドレスを
おねがいできるかな？

あたしはオレンジ色《いろ》がすきだから、
オレンジ色《いろ》のドレスに
してもらえたらうれしいな

まかせて！　ドレス作《づく》りにぴったりな
ガーデンがあるから、そこにいきましょう！

なぞなぞクイズ⑪　ミントがはいっているスポーツってなーんだ？

もっとくわしく知《し》りたいわ！

ハッピー

おかしの国《くに》で
くらしているおしゃれ
姉妹《しまい》のお姉《ねえ》さん。
かわいい
アイテムが大《だい》すき！

＊とくいなこと＊
パステルカラーの
リボンやアクセサリーを
使《つか》って、ヘアアレンジ
すること！

＊せいかく＊
みんなをえがおにする
ムードメーカー！

＊ゆめ＊
メルティーランドで
大人気《だいにんき》のおしゃれどうが
チャンネル「スイート
シンフォニー」に出《で》て、
みんなにえがおを
とどけたい！

＊すきなスイーツ＊
フルーツタルト♡

ハッピー＆チェリーについて、

チェリー

おかしの国《くに》で
くらしているおしゃれ
姉妹《しまい》の妹《いもうと》。
キラキラの
アイテムが大《だい》すき！

＊とくいなこと＊
カラフルなリボンや
アクセサリーを使《つか》って、
ファッションをコーディ
ネートすること！

＊せいかく＊
みんなを元気《げんき》にする
ファッションリーダー！

＊ゆめ＊
メルティーランドで
大人気《だいにんき》のおしゃれどうが
チャンネル「スイート
シンフォニー」に出《で》て、
みんなに元気《げんき》を
とどけたい！

＊すきなスイーツ＊
チェリーパイ♡

5
ハッピーとチェリーのドレス作《づく》り

シュガーがつれてきてくれたのは、ドレス作《づく》りがとってもとくいなストロベリスたちがあつまるフルーツガーデン。

一歩足《いっぽあし》をふみいれると、まるでおとぎばなしのような光景《こうけい》が広《ひろ》がっていました。

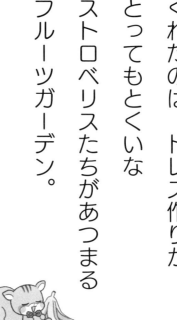

フルーツガーデン

カラフルなフルーツがあふれるゆめのようなお庭《にわ》。太《たい》ようをたっぷりあびたフルーツたちがかがやき、みんなに元気《げんき》としあわせをはこんでくれる特別《とくべつ》な場所《ばしょ》。

ハッピーチェリー

あまくておいしいさくらんぼ。たべると心《こころ》もわくわくハッピー！

つやつやリンゴ

ピカピカにみがかれたガラスのようなリンゴ。一口《ひとくち》かじると、口《くち》のなかがみずみずしいあまずっぱさでいっぱいになるよ！

どんぐりポーチ

どんぐり型《がた》のかわいいポーチ。なかにはストロベリスの大《だい》すきなチョコレートピーナッツがはいってるんだって！

にじ色《いろ》バスケット

あまいかおりがするバスケット。フルーツをいれるたびに、にじ色《いろ》にかがやくよ☆

まんまるピーチ

ジューシーな果汁《かじゅう》がぎゅっとつまっていて、たべると思《おも》わずスキップしちゃうあまさだよ！

ストロベリスたちにドレス作《づく》り
のことをきいてみると……

大《おお》きなフルーツポンチの
木《き》にいけばいいよ！

でも、バナナの森《もり》をとおらない
とね……。バナナの皮《かわ》で
すべらないように気《き》をつけて！

バナナの皮《かわ》をさけて
フルーツポンチの木《き》をめざしてね！

スタート
ゴール

答《こた》え

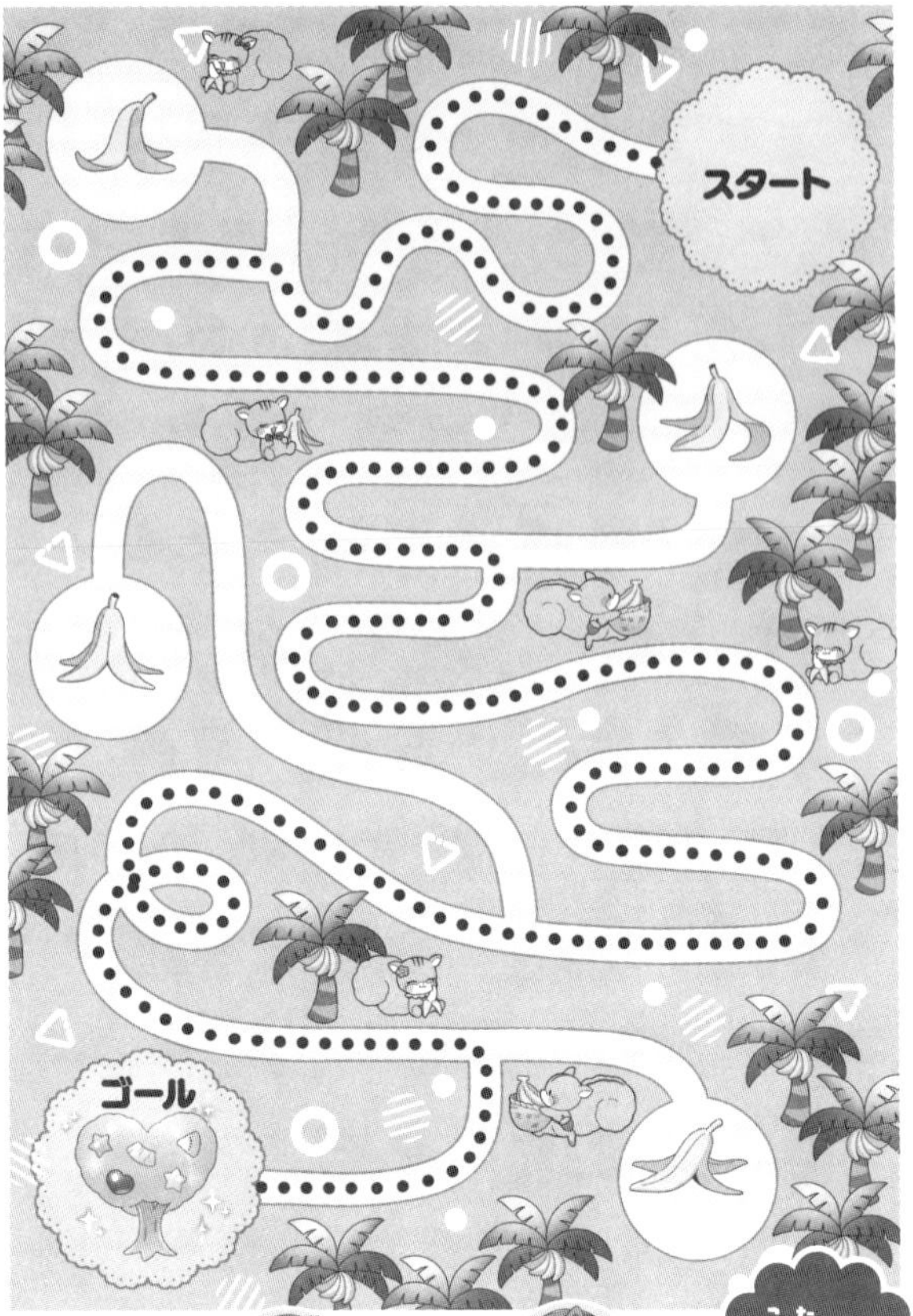

わわっ！　バナナがいっぱいある！

いちごちゃん大丈夫《だいじょうぶ》。だってほら、ストロベリスさんたちが道《みち》をおしえてくれているわ！

本当《ほんとう》だー！　これなら安心《あんしん》してすすめるね！

6

すてきな髪《かみ》かざり

バナナの皮《かわ》をさけて森《もり》をぬけると、目《め》のまえにとても大《おお》きなフルーツポンチの木《き》がありました。

太《たい》ようの光《ひかり》をうけてそだった木《き》には、なにやらきれいなものがかがやいています。

なぞなぞクイズ⑫　フルーツポンチの“ポンチ”って、どんないみかしってる？

わあ、
とってもかわいい！

それは、ストロベリス
たちもおしゃれアイテム
として使《つか》っているかがやく
髪《かみ》かざりです。
いろいろなフルーツの
形《かたち》をしていて、同《おな》じものは
ひとつもありません。

「この髪《かみ》かざりをしたら、もっとドレスがすてきになるわね！」

「うん、そうだね！　あれ、でも木《き》のまえの看板《かんばん》になにか文字《もじ》がかいてあるよ？」

看板《かんばん》にかいてある
まほうの言葉《ことば》をとなえると、
なにかいいことがおきるようです。

なぞなぞクイズ⑬　シュガーがふらふらになりながら、おどっているみたい。どんなダンス？

看板《かんばん》にかいてあるまほうの言葉《ことば》を
声《こえ》に出《だ》しながら、
かきこんでみよう！

せーのっ！

まほうの言葉《ことば》をとなえると、
フルーツポンチの木《き》から
髪《かみ》かざりがおちてきました。

わーやったあ……！

これでアイテムをひとつ
ゲットできたわね！

よし、もっとたくさんの
アイテムをみつけにいこう！

なぞなぞクイズ⑭ トロピカルフルーツは、つぎのうちどれ？ ①マンゴー ②りんご ③いちご

もっとあそぼう！
ストロベリスさんクイズ①

ストロベリスさんがよろこぶのは
どの頭《あたま》かざり？
答《こた》えは111ページにあるよ！

リボンの形《かたち》が
入《はい》ってたらいいいな

すきな色《いろ》は赤《あか》なんだ！

レースのかざりが
あるとうれしいいな

もっとあそぼう！ ストロベリスさんクイズ②

□□ にはいる言葉《ことば》は
なんだとおもう？
答《こた》えは111ページにあるよ！

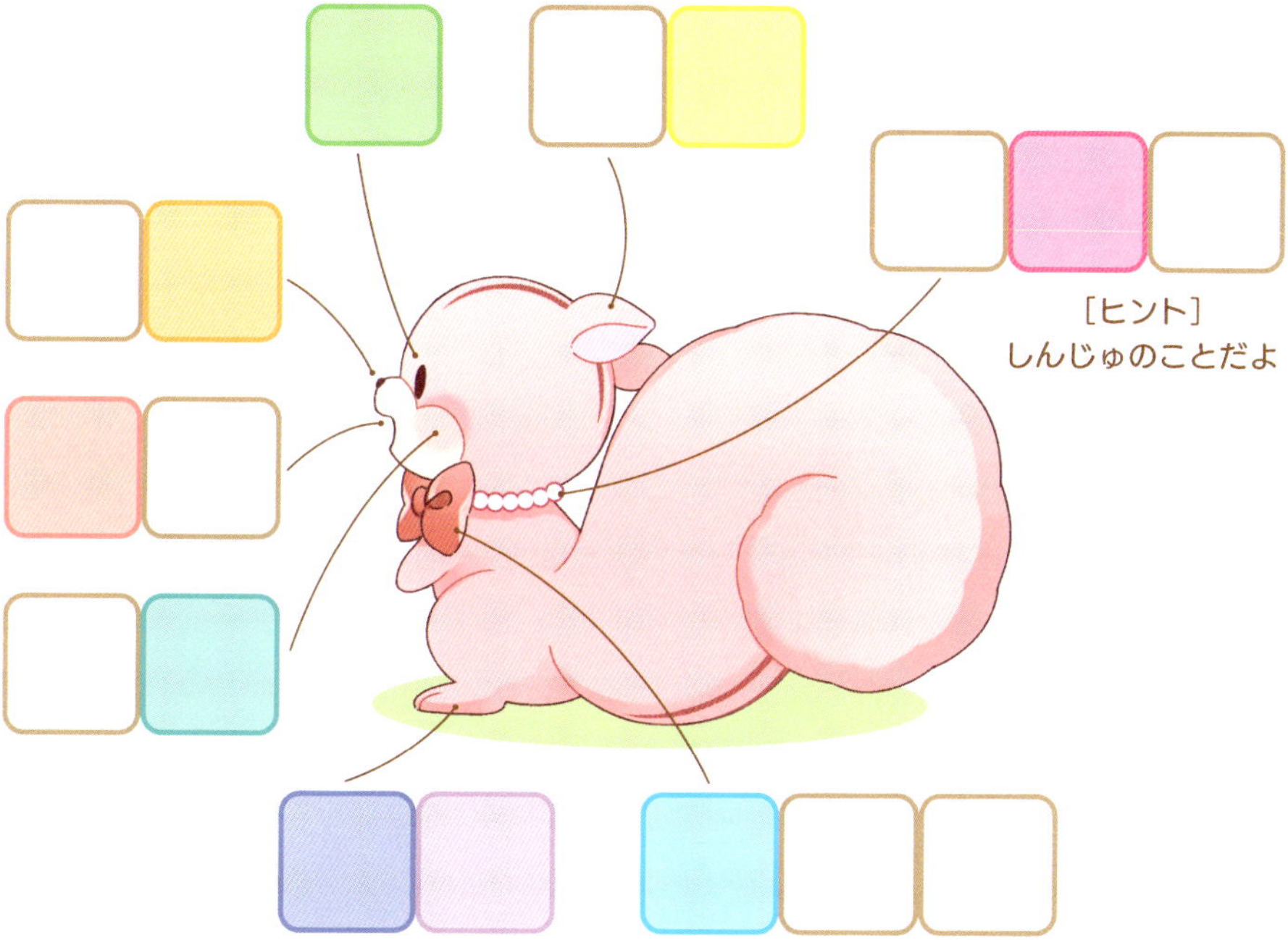

① □□

② □□

③ わた□□

④ □□□む

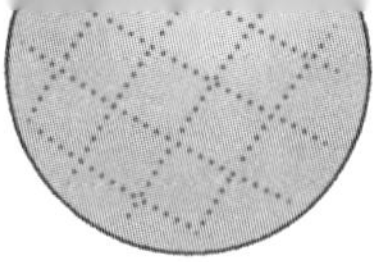

7

スイートメロンハウス

ふたりがつぎにみつけたのは、フレッシュなかおりがするスイートメロンハウスです。

　スイートメロンは、メルティーランドにしかない特別《とくべつ》なフルーツ。

ここでも、なにかアイテムが手《て》にはいりそうね

なぞなぞクイズ⑭の答《こた》え　①マンゴー　トロピカルフルーツは南《みなみ》の国《くに》のくだものだよ！

でも、アイテムなんて
どこにもみあたらないよ？

いちごちゃん、よくみて。
スイートメロンには
いろいろなもようがあるのよ

メロンの上《うえ》にはふしぎなもようが
広《ひろ》がっていました。
まるでレースのようになっているもようは、
ひとつひとつがちがうデザインのようです。

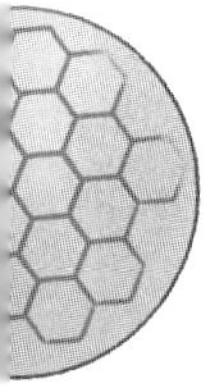

うーん、ハッピーとチェリーにぴったりのもようはどれだろう？

ふたりがつけていたネックレスにヒントがありそうだわ！

ヒント

ハッピーとチェリーがつけていたネックレスと同じもようのメロンをみつけよう！

ふたりがつけていたネックレスは、37ページでみられるよ！

ハッピー

チェリー

なぞなぞクイズ⑮の答え　てんとうむし

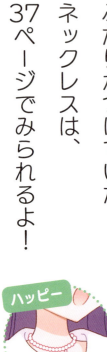

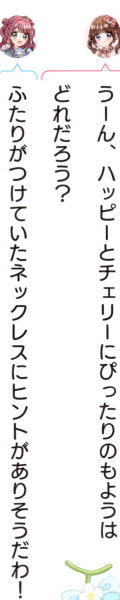

答《こた》え

ハッピーのネックレスは、
たしか星《ほし》だったね！

チェリーのネックレスは、
ハートだったわ！

ハッピーとチェリーのすきなもようのメロンを
みつけると、パカッとわれて、なかからキラキラと
かがやくくつが出《で》てきました。

わあ、とってもすてきなくつ！
髪《かみ》かざりとくつがそろったから、
つぎはドレスね

ふたりがあるいていると、
空《そら》に大《おお》きくてふわふわの
雲《くも》がありました。

あれは、わたあめの雲《くも》よ
それならドレスを作《つく》るのに使《つか》えるかも！

なぞなぞクイズ⑯　木《き》にくもがかかったおかしは？

もっとメルティーランド!

ハッピー&チェリーのくつ

どちらもとってもすてきなくつ!
ふたりにはいてもらうのがたのしみ♪

ハッピーのくつ

ミント色《いろ》のくつは、
さわやかでおしゃれなデザイン!
アクセントは、
きれいなパールと
ピンク色《いろ》のリボンだよ。
ハッピーも気《き》にいってくれたら
うれしいな♪

チェリーのくつ

オレンジ色《いろ》のくつは、
かろやかでおしゃれなデザイン!
アクセントは、
きれいなパールと
3つのリボンだよ。
チェリーがよろこんでくれるか
ドキドキだね!

もっとあそぼう!
さがしえ

ストロベリスさんが頭《あたま》かざり  を
おとしちゃったみたい!　どこにあるかな?
答えは111ページにあるよ!

8

かがやく
グミジュエル

ふわふわのわたあめの雲《くも》の
下《した》にやってきたふたり。
しかし、わたあめの雲《くも》は、
空《そら》にうかんでいて、手《て》を
のばしてもとどきません。

こんなとき、空《そら》がとべたら
いいんだけど……

それなら、このアイテムを
使《つか》いましょう！

シュガーがキャンディステッキをふると、いちごの背中《せなか》にふわふわの羽《はね》がはえました。

こうして、ふたりは空《そら》をとび、わたあめの雲《くも》にのることができました。

よくみると空《そら》には
キラキラとしているなにか
がうかんでいます。

シュガー、これはなに？

これは、グミジュエルよ。

グミジュエル

ハートやスター、リボンの形《かたち》をしているよ。夜《よる》になると、星《ほし》になってかがやくんだって！

なぞなぞクイズ⑰の答《こた》え　ダイヤ

そうなんだ。
きれいだね……あっ！

その時《とき》、とつぜん
つよい風《かぜ》がふきました。

た、たいへん！
髪《かみ》かざりがとんで
いっちゃった！

なぞなぞクイズ⑱　いつもカゼをひいているフルーツは？

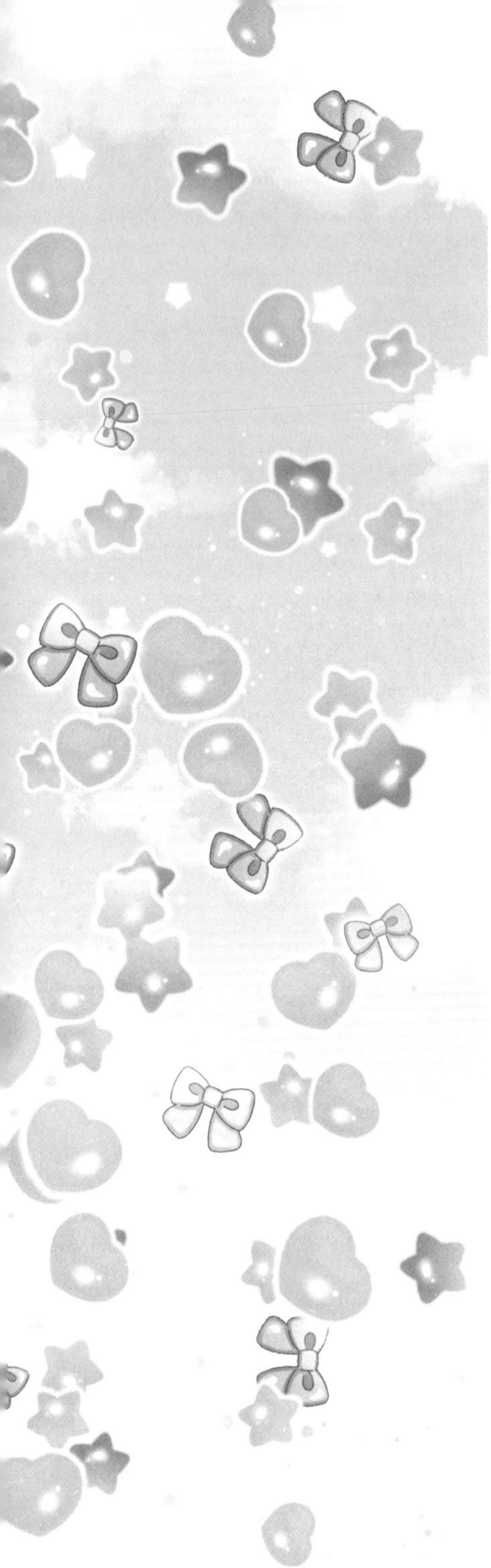

ジュエルと髪《かみ》かざりは形《かたち》がにているから、
おち着《つ》いていっしょにみつけましょう！
グミジュエルとまざってしまった
髪《かみ》かざりは、どこにあるかな？

なぞなぞクイズ⑱の答《こた》え　マスクメロン

答《こた》え

ふたりは、たくさんのグミジュエルのなかから、ハッピーとチェリーの髪《かみ》かざりをみつけました。
またとんでいかないように気《き》をつけながら、ふわふわの雲《くも》をバスケットのなかにあつめます。

これくらいあれば、じゅうぶんだね

かえりはウエハースのすべり台《だい》を使《つか》いましょう！

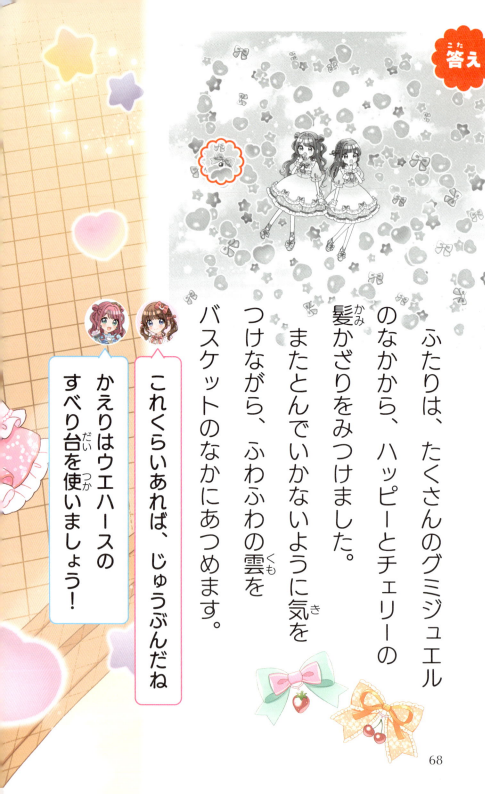

こうばしいかおりがする
サクサクのウエハース。

ふたりはすべり台《だい》を、
なかよくすべりおりました。

もっとメルティーランド！

ふわふわの羽《はね》

雲《くも》の上《うえ》にとんでいけてよかった！
ようせいさんになった気分《きぶん》♪

まっしろでふわふわの
まほうの羽《はね》。
太《たい》ようの光《ひかり》をあびると
きらきらと
にじ色《いろ》にかがやくんだ。
いちどはばたけば、
雲《くも》の上《うえ》まではあっというま！
この羽《はね》で
メルティーランドの空《そら》を
たくさんおさんぽしたいな♪

もっとメルティーランド！

わたあめの雲《くも》

メルティ―ランドの雲《くも》は、
とびきりあまくてかわいいの！

空《そら》にうかんでいるふわふわのわたあめの雲《くも》。
ピンク、ブルー、ミントグリーンなど、
天気《てんき》によって色《いろ》がかわるよ！
雲《くも》の近《ちか》くにはハートや星《ほし》、リボンの形《かたち》をした
グミジュエルもいっしょにうかんでいて
夜《よる》になるときらきらかがやくんだ！

9

まぜまぜジュース

ふたりがあるいていると、
どこからかたのしそうな
歌声《うたごえ》がきこえてきました。
あーかいリンゴ
　こーろころん♪
きーいろレモン
　きーらきらん♪
ピンクのもーも
　ふーわふわん♪

シュガー、
この歌《うた》はなんだろう？

歌《うた》はむこうから
きこえているわ

歌声《うたごえ》をたどって
みると、そこには
ストロベリスさんの
ジュース工房《こうぼう》がありました。

なぞなぞクイズ⑲
ぶどうジュース、のむヨーグルト、むぎ茶《ちゃ》、
いちばんあたらしそうなのみものはどーれだ？

まず目《め》にとびこんできたのは、
ガラスのコップにいれられたクリームソーダです。
ストロベリスたちは、
フルーツをていねいに切《き》り、
リズミカルにジュースを
作《つく》っています。

なぞなぞクイズ⑲の答《こた》え　のむヨーグルト
（ヨーグルトは乳《にゅう》せいひん。あたらしいものを英語《えいご》でNEW《ニュー》っていうよ）

カラフルジュース
おいしいジュース♪
みんなのえがおが
かがやくよ♪

たのしそうにステップをふんでいるストロベリスたちは、キラキラかがやくグラスにワンピースをいれていました。

なぞなぞクイズ⑳　「スカッシュ」ってなんだかしってる？

どうやらワンピースがグラスのなかの
ジュースをすいこみ、
あざやかな色《いろ》にかわるようです。

シュガー、このやりかただったら
ハッピーとチェリーのすきな色《いろ》のドレスが作《つく》れるかも！

でも、ふたりのすきな色《いろ》のジュースがないみたいだわ……

ハッピーのすきなミント色《いろ》●と、
チェリーのすきなオレンジ色《いろ》●。それぞれ、
どのジュースをまぜたらできあがるかな？

①
②
③
④
⑤
⑥
⑦
⑧
⑨

答《こた》え

「ミント色《いろ》を作《つく》るには、③の黄《き》色《いろ》に⑧の青《あお》色《いろ》をすこしまぜればいいね！

「オレンジ色《いろ》を作《つく》るには、③の黄《き》色《いろ》と①の赤《あか》色《いろ》をまぜるのね

無《ぶ》事《じ》にハッピーとチェリーのすきな色《いろ》が完《かん》成《せい》しました。

「あとは、わたしのまほうでかざりつけをするわ。えいっ！

もっとメルティーランド！

ストロベリスさんの ジュース工房《こうぼう》

フレッシュなくだものがたくさん♪
ここでおいしいジュースができているのね！

カラフルドリンクサーバー

できたてのジュースがはいったキラキラのドリンクボトル。ジュースをお友《とも》だちとシェアするのもいいかも？

リゾート気分《きぶん》なブルーパラソル

大《おお》きなパラソルは、はれた日《ひ》のパーティーやイベントにもぴったり！　日《ひ》かげですずみながら、みんなでかんぱいしよう！

メロンミキサー

フレッシュなメロンを使《つか》ってなめらかなジュースにしあげる、メルティーランドにしかないミキサー！

メニューこくばん

ジュース工房《こうぼう》のすべてのドリンクが一《ひと》目《め》でわかるリストがかいてあるよ。すきな味《あじ》をみつけるのもたのしいね♪

とれたてフルーツ

まんまるリンゴやつやつやバナナなど、しんせんなくだものがたーくさん！

10

たのしい
ティーパーティー

いちごとシュガーは力《ちから》を
あわせて作《つく》ったドレスを
ふたりにとどけにいきました。

わあ、すごくすてき！

さっそく着《き》がえた
ハッピーとチェリーは、
声《こえ》をそろえて大《おお》よろこび。
髪《かみ》かざりもくつもドレスも、
よくにあっています。

なぞなぞクイズ㉑　ずっとおわらないパーティに着《き》ていくドレスってどんなドレス？

その時《とき》、空《そら》からほわほわと
まほうのおかしレシピがおりて
きました。

ということは、ミッションクリア？

ええ、やったわ、いちごちゃん！

よろこんでいるふたりをみて、ハッピーと
チェリーはにこりとしながらこういいました。

ねえ、よかったらふたりもティーパーティーに来《き》てみない？

なぞなぞクイズ㉑の答《こた》え　エンドレス（英語《えいご》で「おわりのない」っていういみだよ）

ティーパーティーの会場は、ジェリービーンズ広場のとなり、デザートキャッスルです。

デザートキャッスルの広い庭には、ティーカップのテラス席が用意されていました。

デザートキャッスル

ティーカップのテラス席

なぞなぞクイズ㉒　「ごはん」は日本語、「ケーキ」は英語、じゃあ「デザート」はなにご？

ねえ、そのドレス
どこで買《か》ったの？

すごくかわいくて
おしゃれね！

ハッピーとチェリーの
お友《とも》だちのほかにも、
パーティーに来《き》ている
メルティーランドの
住人《じゅうにん》たちがあつまってきました。

なぞなぞクイズ㉒の答《こた》え　食後《しょくご》（デザートはごはんのあとにたべようね）

ドレスをほめられたハッピーたちは、
とてもうれしそうなかおをしていて、
いちごとシュガーもちょっぴりほこらしげです。

ねえ、シュガー。せっかくだから
レシピにかかれていたおかしを作《つく》って
みんなにたべてもらうのはどうかな？

ええ、わたしも同《おな》じことを
かんがえていたわ！

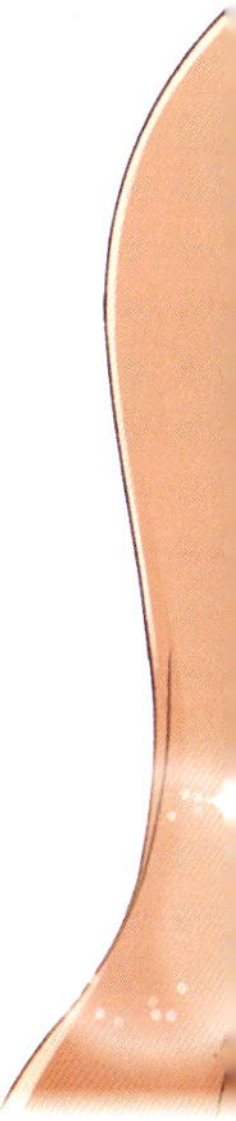

まほうのおかしレシピ

まほうのきらきらクッキーなど、メルティーランドの住人《じゅうにん》たちをえがおにするレシピ！

女王《じょおう》さまからのミッションをクリアしてまほうのおかしレシピをゲットすれば、パティシエールのゆめに近《ちか》づくことができるよ！

いちごはシュガーのまほうで、
みならいパティシエールのドレスに変身《へんしん》！
デザートキャッスルのキッチンで、
さっそくおかし作《づく》りをはじめます。

なぞなぞクイズ㉔　スターはスターでも、キッチンにある四角《しかく》い形《かたち》をしたスターはなに？

ハッピーチェリーパフェの作《つく》りかた

まずはフレッシュなフルーツを切《き》って、さらさらのゼリーパウダーをふりかけます。

星《ほし》やハートなど、かわいい形《かたち》のゼリーが完成《かんせい》したら……

キラキラとしたパフェグラスと、材料をぴったりにはかることができるクリスタルスプーンを用意します。

口ずさんでいるのは、ストロベリスたちのたのしい歌♪

七色に光るクリームをドリームホイッパーでふわふわにします。

なぞなぞクイズ㉕　ぶどうからタネを２つとったらあま〜いスイーツに変身したよ！なにになったかな？

パフェグラスに作《つく》ったゼリーと
カットしたフルーツをいれて、
ホイップクリームをたっぷりと。
まほうのカカオのかけら、
おとぎの国《くに》のさくさくクッキー、
そしてゆめ色《いろ》シロップなどで
かざりつけ。
さいごに**ハッピーチェリー**をのせたら、
おいしいパフェのできあがりです！

なぞなぞクイズ㉕の答《こた》え　クレープ（ぶどうは英語《えいご》で「グレープ」、そこから点《てん》を２つとるよ）

みんなよろこんでくれるといいな

みんなにたべてもらう
ために、いちごとシュガー
はハッピーチェリーパフェ
をテーブルにはこびます。

えっ！
いちごちゃんが
作《つく》ってくれたの!?

さすが、いちごちゃん！
かわいくておいしそうだわ！

なぞなぞクイズ㉖　クリームたっぷりのパフェがあるよ！　いちばん上《うえ》にのっているたべものは？

おどろいたハッピーとチェリーの声《こえ》が、かさなりました。

うん、わたしのゆめはパティシエールになることなの。
よかったらパフェをぜひたべてほしいな

ハッピーとチェリーが、パフェを一口《ひとくち》たべます。
そのようすにドキドキしていると……。

すっごくおいしいっ！

またまた、ハッピーとチェリーの声《こえ》がそろいます。
えがおでたべてくれたふたりをみて、いちごとシュガー

のかおもにこにこになりました。

おいしいパフェを
作《つく》ってくれてありがとう

パティシエールの
コスチュームもすごく
かわいくてすてきだわ！

いつのまにか、
いちごたちはたくさんの
人《ひと》にかこまれていました。

なぞなぞクイズ㉗　グラスにいれちゃったらぜったいにとれないものってなに？

いちごちゃんが
パティシエールになれるように、
わたしたちもおうえんしてるからね！

うん！
これからもおいしいおかしが
作《つく》れるようにがんばるね！

その言葉《ことば》にシュガーがうなずき、
ハッピーとチェリーも
にこりとほほえみました。

今日《きょう》のお礼《れい》に、これをうけとって！

ハッピーたちからわたされたのは、
おかしの形《かたち》をしたバルーン。

どうやら
たのしい思《おも》い出《で》の記念《きねん》に、みんなで
バルーンを空《そら》にはなつようです。

なぞなぞクイズ㉘　さくらんぼは日本語《にほんご》、ではストロベリーはなにご？

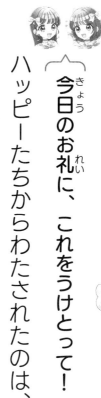

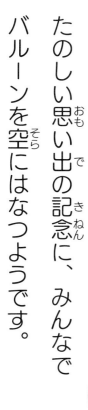

新《あたら》しいお友《とも》だちができた、いちごとシュガー。
バルーンをそっと手《て》からはなすと、
カラフルなおかしたちが空《そら》たかくまいあがります。

なぞなぞクイズ㉘の答《こた》え　いちご

特別《とくべつ》な合言葉《あいことば》は、メルティー・マジカル。
いちごのゆめは、こうしてまた一歩《いっぽ》近《ちか》づきました。

さいごまでよんでくれてありがとう！
わたしたちのおはなしは
まだまだつづくよ！
3巻《かん》では……
マシュマロうさぎのモココと
だいぼうけん！
おはなしのさいごには、
カップケーキ作《づく》りで
みんなをよろこばせちゃう！
またあえたらうれしいな！

ハッピーチェリーパフェのパズル

切《き》ってすきなフルーツや
スイーツをくみあわせできるよ♪
（P105にパズルの台紙《だいし》があるよ）

いちごの
きせかえパズル

きりとりせんで切《き》って
ページをめくると…
いちごちゃんのドレスが
かわるわ!

ストロベリスさんと
おそろいカラー♪

明《あか》るいビタミンカラー！
元気《げんき》が出《で》る色《いろ》だね

ドレスにあわせて
メイクアップもたのしもう!

ハッピーチェリーパフェのパズル

P100のパーツを切《き》って
グラスにならべてね。
オリジナルのパフェをつくっちゃおう！

第《だい》3巻《かん》は、2025年《ねん》秋《あき》ごろはつばいだよ!
くわしくは野《の》いちごぽっぷのサイトをチェック★

ぬりえ すきな色《いろ》でぬってみよう!

すきな色《いろ》でぬってみよう！ ぬりえ

すきな色《いろ》でぬってみよう！ ぬりえ

ぬりえは、ここからダウンロードできるよ！
おうちの人《ひと》といっしょにチェックしてね★

答《こた》え

出《で》てきたパズルの答《こた》えだよ!
みんなはいくつとけたかな?!

P30のあんごうクイズ①

②

とけいの針《はり》は、言葉《ことば》の文字数《もじすう》をしめしているよ。「おととい」は4じ、「きのう」は3じ!

つまり、「いま」は2じになるね!

P53のクイズ②

①ほし
②なみ
③わたあめ
④くりーむ（クリーム）

マスのなかには、ストロベリスさんのからだやかざりのなまえが入《はい》るよ。
それぞれのマスに文字《もじ》をあてはめて
よんでいくと言葉《ことば》があらわれるね!

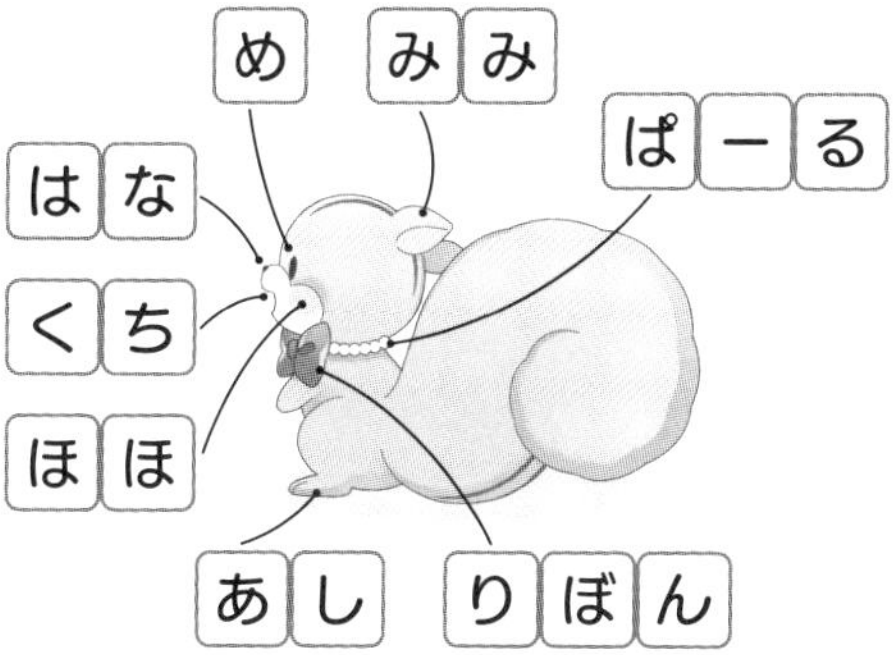

P31のあんごうクイズ②

トロッコ

あんごうのなかのアイスの数《かず》をひらがなにしてみよう!
にこ、さんこ、ごこ。
それぞれを文字《もじ》にあてはめると、やじるしのさきの言葉《ことば》が完成《かんせい》するんだ!
つまりせいかいは、と「ろっこ」→トロッコになるよ!

P52のクイズ①

①

P61のさがしえ

作 ☆ 永良サチ（ながら さち）

埼玉県在住。著書に『100日間、あふれるほどの「好き」を教えてくれたきみへ』『君がいなくなるその日まで』『となりの一条三兄弟!』シリーズ『放課後★七不思議!』シリーズなど多数（すべてスターツ出版）。近著に『ばいばい、片想い』『怪活倶楽部』（PHP研究所）『心は全部、きみにあげる』（KADOKAWA）などがある。

絵 ☆ くずもち

静岡県在住。児童向け書籍を中心に活動中のイラストレーター。『マジカル★オシャレドリル』シリーズ（Gakken）や『メイクアップぬりえ』（コスミック出版）、『ユメコネクト』（アルファポリス）など、他作品多数。かわいいものが大好きで、キラキラ・ワクワクする世界観を大切にイラストを制作している。

おかしの国のプリンセスと ハッピーチェリーのおしゃれドレス
【マジカル★パティシエールシリーズ】

2025年5月10日初版第1刷発行

著　者	☆	永良サチ　© Sachi Nagara 2025
発行人	☆	菊地修一
イラスト	☆	くずもち
装　丁	☆	齋藤知恵子
企画編集	☆	野いちご書籍編集部
発行所	☆	スターツ出版株式会社

〒104-0031 東京都中央区京橋1-3-1
八重洲口大栄ビル7F
TEL 03-6202-0386（出版マーケティンググループ）
TEL 050-5538-5679（書店様向けご注文専用ダイヤル）
https://starts-pub.jp/

印刷所 ☆ 中央精版印刷株式会社
Printed in Japan
ISBN 978-4-8137-9457-8 C8093

乱丁・落丁などの不良品はお取り替えいたします。上記出版マーケティンググループまでお問い合わせください。

本書を無断で複写することは、著作権法により禁じられています。

定価はカバーに記載されています。

対象年齢：〜小学校低学年

この物語はフィクションです。

実在の人物、団体等とは一切関係がありません。


— ☆ — ☆ — ☆ —

ファンレターのあて先
〒104-0031　東京都中央区京橋1-3-1 八重洲口大栄ビル7F
スターツ出版（株）書籍編集部 気付　永良サチ先生
いただいたお便りは編集部から先生におわたしいたします。